AF453033

COLLECTION

DE

BELLES PORCELAINES

ANCIENNES

DE LA CHINE ET DU JAPON

ÉMAUX CLOISONNÉS DE PREMIER ORDRE

*Le tout appartenant à M. M****

EXPOSITIONS
{ PARTICULIÈRE, le Samedi 25 Janvier 1868
{ PUBLIQUE, le Dimanche 26 Janvier 1868

Mᵉ **CHARLES PILLET**, | M. **FEBVRE**,
COMMISSAIRE-PRISEUR | EXPERT

1868

CATALOGUE

D'UNE COLLECTION DE BELLES

PORCELAINES ANCIENNES

DE LA CHINE & DU JAPON

ÉMAUX CLOISONNÉS DE PREMIER ORDRE

Ivoires, Laques, Jades et autres Objets

LE TOUT APPARTENANT A M. M***

DONT LA VENTE AUX ENCHÈRES PUBLIQUES

aura lieu

HOTEL DROUOT, Salle N° 2

Le Lundi 27 Janvier 1868

A 2 HEURES PRÉCISES

~~~~~~~~~~~~~~~~~~~~~~~~

Par le ministère de Mᵉ **Charles PILLET**, Commissaire-Priseur,
rue de Choiseul, 11,

Assisté de **M. FEBVRE**, Expert, 14, rue Saint-Georges.

Chez lesquels se trouve le Catalogue

~~~~~~~~~~~~~~~~~~~~~~~~

EXPOSITIONS
PARTICULIÈRE : Le Samedi 25 Janvier 1868,
PUBLIQUE : Le Dimanche 26 Janvier 1868,

DE UNE HEURE A CINQ HEURES.

CONDITIONS DE LA VENTE

Elle sera faite au comptant.

Les adjudicataires payeront *cinq pour cent* en sus des enchères.

L'exposition mettant le public à même de se rendre compte de l'état des objets, il ne sera admis aucune réclamation une fois l'adjudication prononcée.

0000. — Paris. Imp. Pillet fils aîné, rue des Grands-Augustins, 5.

DÉSIGNATION DES OBJETS

Émaux cloisonnés de la Chine

1 —. Pièce splendide, provenant d'un temple boudhiste ;
cette pièce offre à sa base un animal chimérique ayant la
tête d'un hippopotame, sur lequel est perché un épervier fantastique ayant les ailes étendues ; ces animaux sou-
tiennent et relient deux vases cylindriques surmontés
de couvercles. Ces vases sont d'un bel émail blanc à cloisons, les plumages de l'épervier et les zébrures de l'hippopotame n'offrent pas moins de dix tons en émaux de
couleurs.

Cette pièce par son originalité et la beauté du travail
est un des spécimens les plus curieux en ce genre.

2 — Deux magnifiques vases à anses détachées ayant la
forme de bouteilles rondes à panses aplaties, décor fond
bleu turquoise avec quadrille cloisonnés, belles fleurs
blanches avec branches sur lesquelles sont perchés des oiseaux de diverses espèces ; les côtés offrent des fleurs et
des autruches volant.

Haut., 55 cent. ; larg., 38 cent.

3 — Bouteille d'une rare beauté à grosse panse et goulot droit; le décor à la base offre un marais où croissent des tiges de chrysamthèmes, de margucrites et autres fleurs, se détachant en tons harmonieux sur un fond rouge de fer quadrillé de cloisons.

Haut., 45 cent. ; larg., 32 cent.

4 — Deux grandes et belles boîtes à couvercles, ayant la forme d'un cœur, décor fond brun avec rosaces accollées et cinq frises de raies-de-cœur ; les dessus ornés de grands cartels turquoise avec oiseaux perchés ou volant.

5 — Deux vases avec anses à anneaux mobiles; beau décor fond turquoise, orné de cinq frises dont une à palmettes et aussi de bouquets de fleurs de pêcher.

6 — Deux autres vases forme bouteille, les panses fond blanc à semis de fleurs, les goulots avec paquerettes sur fond turquoise; anses à jour.

7 — Brûle-parfums rond à côtes et à anses élevées ; il repose sur trois pieds cylindriques, toutes les parties sont ornées de rinceaux et de fleurs sur turquoise ; anses en bronze à becs d'oiseaux retenant des anneaux mobiles.

8 — Plat d'une très-grande dimension et d'un riche décor, fond turquoise quadrillé, sur lequel se détachent en émaux de couleurs huit petites rosaces, entourant une autre beaucoup plus grande, placée au centre du plat.

Diam., 55 cent.

9 — Deux vases à doubles goulots, ayant l'aspect de deux

bouteilles accollées, décor de fleurs, d'oiseaux et de rin
ceaux en émaux variés sur fond turquoise.

10 — Couvert chinois, composé d'un couteau et de deux
bâtons à manger le riz; les manches et la gaine en émail
cloisonné, avec décor varié sur fond turquoise.

11 — Deux petits vases à fleurs, ornés chacun de quatre cartouches vert d'eau sur fond turquoise, décor de frises et
attributs.

12 — Petite coupe contre-émaillée, ornée de marguerites;
au centre, branche avec fleurs et fruits de pêcher.

13 — Coupe en bronze doré; le tout en émail cloisonné, fond
bleu avec caractères chinois.

14 — Petit cornet, orné de fleurs et de frises.

Ivoires

15 — Petit cabinet en ivoire laqué; le devant à deux vantaux
recouvrant trois petits tiroirs à l'intérieur, cette charmante pièce est ornée d'oiseaux irisés et de branchages
laqués or en relief; garniture en argent.

16 — Groupe en ivoire sculpté, représentant six personnages
hommes et femmes chinoises.

17 — Autre groupe de deux personnages, voyageurs chinois.

18 — Six autres groupes, offrant plusieurs scènes burlesques
Seront divisés.

Jade

19 — Bonze assis, en jade blanc ambré.

Porcelaines de la Chine et du Japon

20 — Deux vases chine de grande dimension, riche décor
bleu à large palmettes, (restaurés).

Haut., 61 cent. et larg., 50 cent.

21 — Jardinière de première grandeur, riche décor blanc
avec biches dans un bois.

Haut., 48 cent. ; larg., 59 cent.

22 — Autre belle Jardinière, décor curieux offrant des personnages en relief gardant des chevaux dans un pa-
turage.

Haut., 50 cent. ; larg., 63 cent.

23 — Jardinière, décor bleu à fleurs de chysamthèmes, paquerettes et frises.

Haut., 34 cent. ; larg. 40 cent.

24 — Jardinière fond turquoise, (avec fêlures).

Haut., 30 cent. ; larg., 43 cent.

25 — Superbe garniture de cinq pièces, trois vases et deux cornets, riche décor de la famille rose, toutes ces pièces, de forme octogone offrent sur chaque pan, des médaillons de fleurs émaillées et d'oiseaux entourés de bordures saillantes rose fleuri.

26 — Garniture de cinq belles pièces en Japon, trois vases et deux cornets, beau décor avec médaillons, fleurs variées et rinceaux à rehauts d'or.

Haut., 65 cent.

27 — Deux beaux vases chine, porcelaine dite coquille d'œuf, ornés de six médaillons gauffrés blanc offrant des grues dans des paysages, ces médaillons sont entourés en décor bleu de fleurs et de papillons.

Haut., 44 cent.

28 — Deux cornets chine, beau décor émaillé représentant des meubles, des vases de fleurs et des frises cachemire.

Haut., 45 cent.

29 — Magnifique vase cylindrique de la dynastie des Myngs; le tour est orné de feuillages sur fond chamois encadrant des sujets à personnages ; voyageurs à cheval et scènes de la vie privée.

Haut.,

30 — Autre vase cylindrique de la dynastie des Myngs; beau décor représentant six chasseurs à cheval poursuivant des tigres.

Haut., 46 cent.

31 — Vase cylindrique, le tour en décor bleu offrant des personnages chinois ; le haut avec collier en émaux de couleurs.

Haut., 45 cent.

32 — Vase à six pans, riche décor de personnages et décor à mandarins.

Haut., 44 cent.

33 — Très-beau cornet chine, forme balustre, décor émaillé avec branches de pêcher, fleurs et oiseaux.

Haut., 41 cent.

34 — Deux superbes vases à panses légèrement aplaties; ils sont ornés de grands médaillons à personnages chinois offrant des scènes de la vie privée, entourage bleu à rehauts d'or encadrant d'autres petits médaillons; anses à mufles de lions.

Haut., 45 cent.

35 — Grande bouteille à anses et à panse aplaties, fond celadoné vert d'eau.

Haut., 55 cent.; larg., 38 cent.

36 — Grand vase à col élevé et enflé à l'orifice, beau décor persan avec frises, palmettes, fleurs et dragons, très-ancienne qualité.

Haut., 51 cent,

37 — Deux vases à quatre pans, les bords saillants forment les encadrements de médaillons à personnages chinois en émaux de couleurs.

Haut., 53 cent.

38 — Deux grands vases fond rose cailleboté, sur lequel sont des enfants chinois en relief, retenant des cordons formant colliers.

Haut., 60 cent.

39 — Deux jardinières chine à six pans, décor avec encadre-

ments saillants émaillés en couleur, entourant des paysages en camaïeu gris à rehauts d'or.

40 — Deux autres à huit pans à peu près semblables aux précédentes, les médaillons émaillés offrent des paons et des fleurs.

41 — Une jardinière à six pans, dont trois avec décor bleu, les trois autres rouge de cuivre avec rehauts d'or.

42 — Deux petites jardinières à six pans, décor émaillé avec coqs, fleurs et frises.

43 — Vase à quatre pans, sur chaque pan un médaillon bleu et rouge à rehauts d'or, avec personnages chinois.

44 — Très beau cornet, forme balustre, décor de la dynastie des Myngs, orné de neuf frises et de paysages avec fleurs et oiseaux.

Haut,, 45 cent.

45 — Beau vase d'échantillon, fond chagriné chamois.

Haut., 55 cent.

46 — Deux charmantes jardinières et leurs plateaux, décor bleu turquoise avec large frise de grecques en relief.

47 — Deux très-anciens vases à six pans d'une forme originale, beau décor émaillé, à personnages chinois, frises, fleurs et animaux.

48 — Deux vases droits à six pans, décor de la famille verte, personnages chinois, fleurs et vases.

49 — Vase formant lanterne, porcelaine coquille d'œuf, décor émaillé, fleurs, frises et oiseaux.

50 — Deux vases forme balustre à six pans, décor de la famille verte, représentant un marais avec arbustes, fleurs et animaux chimériques.

51 — Deux petites jardinières, décor bleu à personnages chinois.

52 — Deux grands bols à couvercles, décor fond brun, entourant des cartouches de fleurs émaillées.

53 — Petit vase cylindrique, très-ancienne qualité, décor de frises, de fleurs et d'oiseaux émaillés.

54 — Deux jardinières, avec plateaux, décor dit à mandarins, avec fond rouge de cuivre et or.

55 — Deux petits pots à fleurs, de forme carrée, décor émaillé offrant des meubles et des fleurs.

56 — Deux petits vases, décor vert et rouge à frises et feuillages.

57 — Deux beaux cornets, décor émaillé avec bordures à cachemire, palmettes, branches et fleurs.

58 — Grand support, décor de Kien-Long, émail fond vert avec fleurs de tons variés.

59 — Vase japon de forme sphérique, riche décor de fleurs et de branchages en rouge bleu et or.

60 — Trois plats du Japon, riche décor.

61 — Plat de la famille verte ; au centre, vase de fleurs posé
sur un socle.

61 *bis*. — Deux plats de la famille verte ; au centre, vases
contenant des fleurs, posés sur un socle.

62 — Autre plat, même décor que le précédent.

63 — Deux plats du Japon, riche bordure ; au centre,
bouquets de fleurs dans des vases.

64 — Douze assiettes ; même décor que les plats précédents.

65 — Quatre compotiers du Japon avec feuillages verts
émaillés.

66 — Plat de la Chine, riche bordure à cachemire.

67 — Beau plat du Japon, décor bleu et rouge de cuivre,
orné d'un vase de fleurs et de feuillages.

68 — Un autre semblable au précédent.

69 — Plat du Japon, décor bleu, rouge et or, orné de
paysages, fleurs et entrelacs.

70 — Grand bol de la Chine, décor émaillé, oiseaux et fleurs.

71 — Autre bol de la Chine, décor en émaux et bleu, avec
personnages.

72 — Deux plats de la Chine, décor émaillé, avec œillets et paquerettes.

73 — Deux plats du Japon à lames rayonnantes.

74 — Six assiettes Japon, décor or, bleu et rouge.

75 — Plat de la Chine émaillé avec décor de personnages, sujet connu sous le titre de tournois.

76 — Magnifique plat de la famille verte, bordure à côtes saillantes, décor avec kiosques, paysages et fleurs.

77 — Beau plat creux de la Chine, riche bordure, émaillé à cachemire.

78 — Un autre semblable au précédent.

79 — Beau plat de la Chine, fond blanc sur lequel se détachent, en beaux émaux, des fleurs et des oiseaux.

80 — Autre plat semblable au précédent.

81 — Plat du Japon ; bordure blanche gauffrée.

82 — Beau plat de la famille verte, orné, en émaux de couleurs, de fleurs et de paysages.

83 — Six petits plats du Japon, décor or, bleu et rouge avec fleurs et feuillages émaillés.

84 — Bol octogone de la famille verte, décor de médaillons à personnages chinois.

85 — Bol du Japon à six pans, décor de paysages émaillés.

86 — Deux bols du Japon ornés de fleurs.

87 — Vase en céladon craquelé, fond vert d'eau.

88 — Théière chine ornée de médaillons à personnages dits mandarins, anse à tête de chimère.

89 — Vase chine à quatre pans, décor d'oiseaux et de fleurs.

90 — Vase bouteille en Chine, décor à médaillons émaillés fleurs et paysages.

91 — Bouteille chine à panse aplatie, décor avec grandes feuilles de chrysanthèmes en émaux variés.

92 — Charmante petite coupe Hanap en porcelaine de la Chine, anse à jour avec deux salamandres.

93 — Petit cornet chine à six pans, décor de fleurs émaillées.

94 — Canard formant théière, riche plumage émaillé.

95 — Autre canard, formant beurrier, même genre.

96 — Petite jardinière, porcelaine craquelée et céladonée, bleu lapis.

97 — Trois pièces de surtout, décor rose émaillé.

98 — Deux boîtes à couvercles, décor émaillé de fleurs sur fond turquoise.

99 — Pot de la Chine avec couvercle, décor émaillé à personnages chinois.

100 — Deux salières chine avec ceintures en rouge de cuivre.

101 — Coquille chine, décor rose et or.

102 — Plat de la Chine, décor de la famille verte avec pélicans.

103 — Deux compotiers de la Chine, décor fond bleu perse avec médaillons de fleurs émaillées.

104 — Deux plats petits, même genre que les précédents.

105 — Plusieurs pièces de la Chine, pot, théière et tasses.

106 — Plateau en émail de la Chine, décor de fleurs, bordure à dessus bleu.

107 — Déjeuner en ancien laque du Japon, fond noir avec décor en or en relief représentant des paysages. Le tout composé de : une théière, un bol, trois boîtes à thé, de six tasses, leurs soucoupes et de deux plateaux avec gaîne.

108 — Boîte en laque bargauté à huit pans.

109 — Boîte à gants en laque du Japon.

110 — Réunion de pièces japonaises.
Seront vendus sous ce numéro.

111 — Bassin en cuivre repoussé, de l'époque de l'an XIII,
avec sujet d'Adam et Ève.

42 — 2 [illegible]   f. 110.—
46 — [illegible]   „ 371.
[illegible] — [illegible]   „ 81.—
9 — [illegible] canard   „ 30.—
9 — [illegible] jardinier   „ 25.—
111. [illegible]   „ 7.80
                                  f. 624.50
                              f.   31.20
                                  f. 655.70